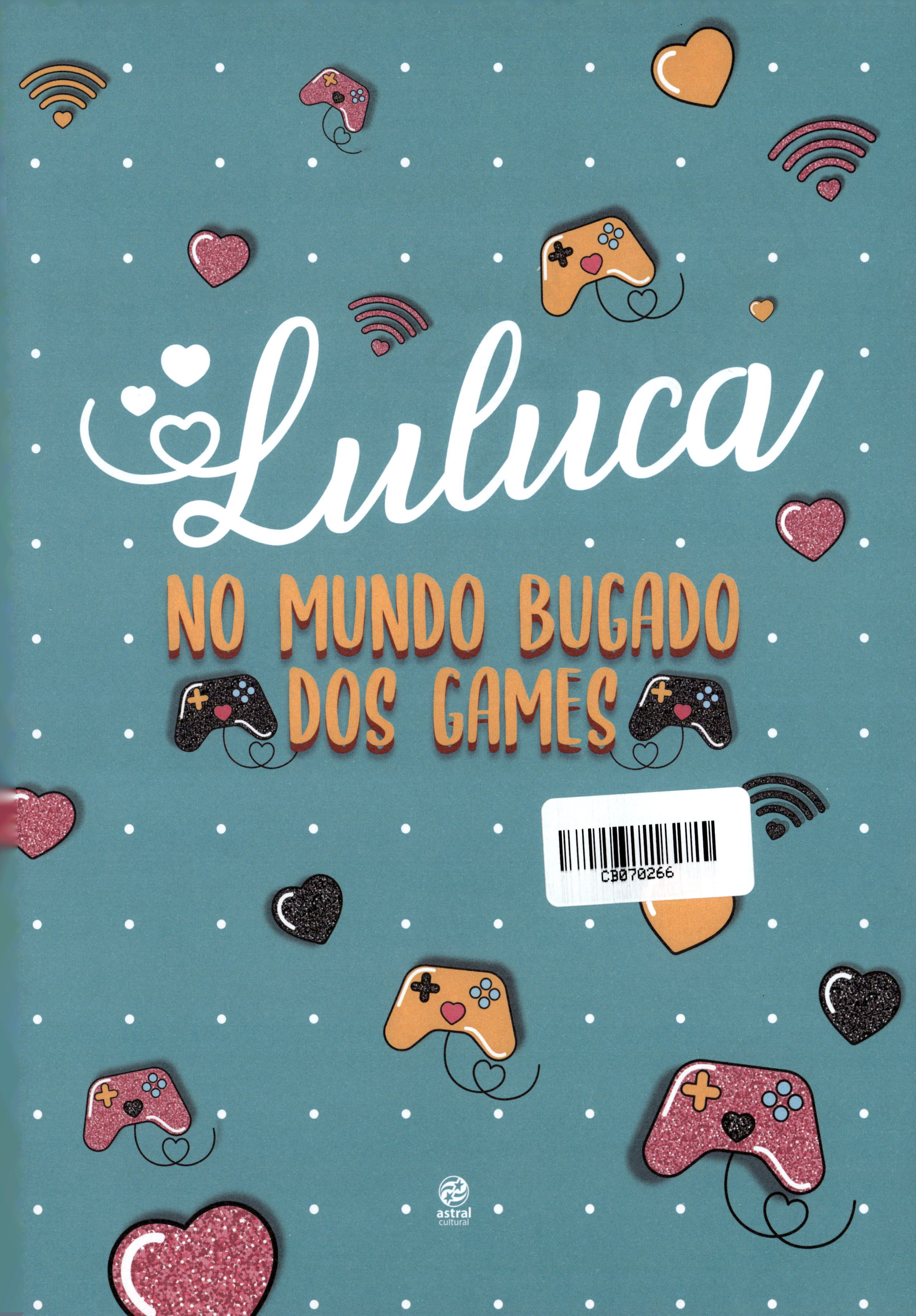
Luluca
NO MUNDO BUGADO
DOS GAMES
CB070266
astral
cultural

Olá, meninas e meninos!

TUDO BEM COM VOCÊS?

Vocês sabem que AMO desafios e que a minha cabeça não para de inventar histórias malucas, não é?

Foi por isso que eu decidi usar toda a minha criatividade para escrever uma aventura incrível e reunir vááários desafios e brincadeiras aqui neste livro!

Vai ser superdivertido viajarmos juntos pelo Mundo dos Games, mas vocês também terão uma missão muito importante: completar as atividades até o fim do livro e me ajudar a derrotar um supervilão!!!

"Uau, Luluca, que incrível! Mas como vamos fazer isso?"

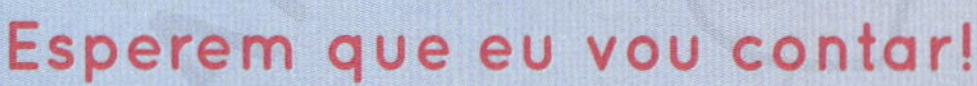

Esperem que eu vou contar!

Nos desafios deste livro, nós vamos passar juntos por obstáculos megadifíceis e vocês vão me ajudar a resolver desafios superdivertidos.

No fim desta aventura, vamos unir nossas forças e poderes para vencer o chefão e salvar o Mundo dos Games!

Gostaram da ideia???

Quero ver se vocês conseguem cumprir todas as fases do livro, hein? Depois de terminar, que tal todo mundo postar uma foto do desafio que mais gostou de fazer? Estou muuuito curiosa pra ver o que vocês acharam! É só marcar a foto com a hashtag #lulucanomundobugadodosgames para eu ver todas elas!

Preparados para começar? Vamos dar play na diversão!

1, 2, 3 E JÁ!

Ei, antes de começarem, que tal darem uma olhadinha no recado que deixei para vocês?

Luluca estava quase zerando o novo jogo que ela ganhou, quando, de repente, a tela toda ficou escura e uma mensagem criptografada apareceu!
O QUÊ??? COMO ASSIM? Ah, não! Justo agora que eu estava na última fase. O que será que aconteceu?

Mensagem secreta

Para decifrar a mensagem e a missão, complete os espaços demarcados no quadro B com as letras correspondentes ao mesmo espaço do quadro A.

	1	2	3	4	5	6	7	8	9	10	11	12	13	14	15
a	W	A	P	O	T	D	E	F	C	I	A	D	O	F	I
b	R	A	R	V	E	S	S	A	E	M	E	H	N	S	A
c	G	E	F	M	,	V	A	O	C	Ê	S	E	U	R	Á
d	B	T	R	A	N	S	P	O	A	R	T	A	D	A	P
e	A	R	A	E	O	M	U	N	D	O	D	O	S	Q	G
f	A	M	E	S	R	.	B	O	D	A	V	I	H	A	G
g	E	W	M	,	I	L	U	P	L	U	G	C	A	!	T

	1	2	3	4	5	6	7	8	9	10	11	12	13	14	15
a															
b															
c															
d															
e															
f															
g															

RESPOSTA:

COMO ASSIM????
ANIMÊ TEA
FASHION LOVER
REAL Animê

Ilusão de ótica

Olhe fixamente para o ponto preto no meio da imagem e veja o portal para o Mundo dos Games se abrir.

Luluca chegou em um universo muito sombrio, totalmente diferente do que ela imaginava que fosse o Mundo dos Games, e ficou sem saber o que estava acontecendo. Será um sonho? Provavelmente, não. Mas, alguém entregou uma coisa para ela, e parece ser alguém conhecido...

Quebra-cabeça

Para descobrir quem a Luluca encontrou, organize a imagem ao lado.

1
2
3
4
5
6
7

PandaLu, você vai me ajudar a desvendar os mistérios novamente? Eu não estou entendendo nada! Como vim parar aqui? Está tudo muito diferente da outra vez.
Luluca, infelizmente, dessa vez ficará tudo por sua conta. Você precisa descobrir o que está acontecendo e salvar o mundo. Sozinha!

PandaLu entregou um bilhete para a Luluca e desapareceu. Para descobrir o que está escrito, siga as setas que ligam as letras aos quadrinhos.

O

N M D O U   O S D

E M

M G E S A   T E Á S

E

R P I E O G   D T O U

T E Á S   V T N R I E D O I .

E M

S T E O A S M   A S S U

O M S Ã ,   O N Ã   E S   N R D A E !

Mundo dos Games invertido? Não se renda? Não me render a quê? A quem? O que está acontecendo?

Luluca percebeu algo que ainda não tinha visto. Eram vários operários pintando de preto, branco e cinza um mundo que, antes, era todo fofo e delicado. O mundo mais colorido dos games estava ficando preto e branco.

A próxima pista desse mistério está escondida e Luluca precisa mostrar que é uma pessoa atenta para descobrir quem é o operário que poderá ajudá-la.

Encontre as diferenças

Claro, você vai ajudar. Mostre que também presta atenção aos detalhes e encontre 10 diferenças entre as imagens. Uma das diferença vai ajudar você nesse mistério.

Luluca encontrou alguém que está disposto a ajudá-la, mas, assim como o PandaLu, ele entregou o celular e desapareceu.

Por que todo mundo desaparece nesse lugar??? Bom, deixa eu ver o que temos por aqui. Parece ser um áudio...

Senha oculta

O celular está com um áudio gravado, mas está bloqueado. Para ouvi-lo, você precisa, primeiro, descobrir qual é a senha dele. Depois, é só passar seu celular no QR CODE abaixo.

Resposta:

Nada parece fazer sentido aqui, mas Luluca quer descobrir o que está acontecendo e como fazer com que as coisas voltem ao normal. Para isso, ela vai precisar, primeiro, invadir o computador central do Mundo Colorido.
Ai, meu Deus! Como eu vou fazer isso?

Descubra o código

Para invadir o computador central do Mundo Colorido, a Luluca vai precisar identificar as partes que se encaixam no espaço abaixo. Quando conseguir montá-lo, você vai descobrir a sequência de teclas que desbloqueia o computador.

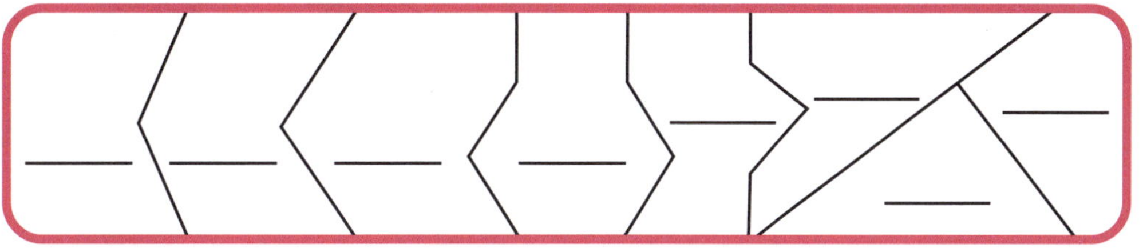

del

↑

tab

alt

←

←

enter

shift

Resposta:

Luluca está se saindo muito bem nessa missão. Ela conseguiu invadir o computador central, mas, agora, precisa descobrir que código é esse que ela tem que decifrar.

Opa, parece que consegui encontrar alguma pista. Se eu clicar aqui e aqui... UM CÓDIGO!!!

Jogo da memória

Para que tudo volte ao normal, Luluca precisa mostrar que é atenta e que tem boa memória. Olhe por alguns segundos para o quadro 1 e memorize as linhas que ligam as bolinhas. Depois, tampe-o com um papel e tente reproduzir o mesmo caminho no quadro 2. Luluca tem três chances. Dica: faça com lápis, assim, você pode tentar novamente se não conseguir na primeira vez.

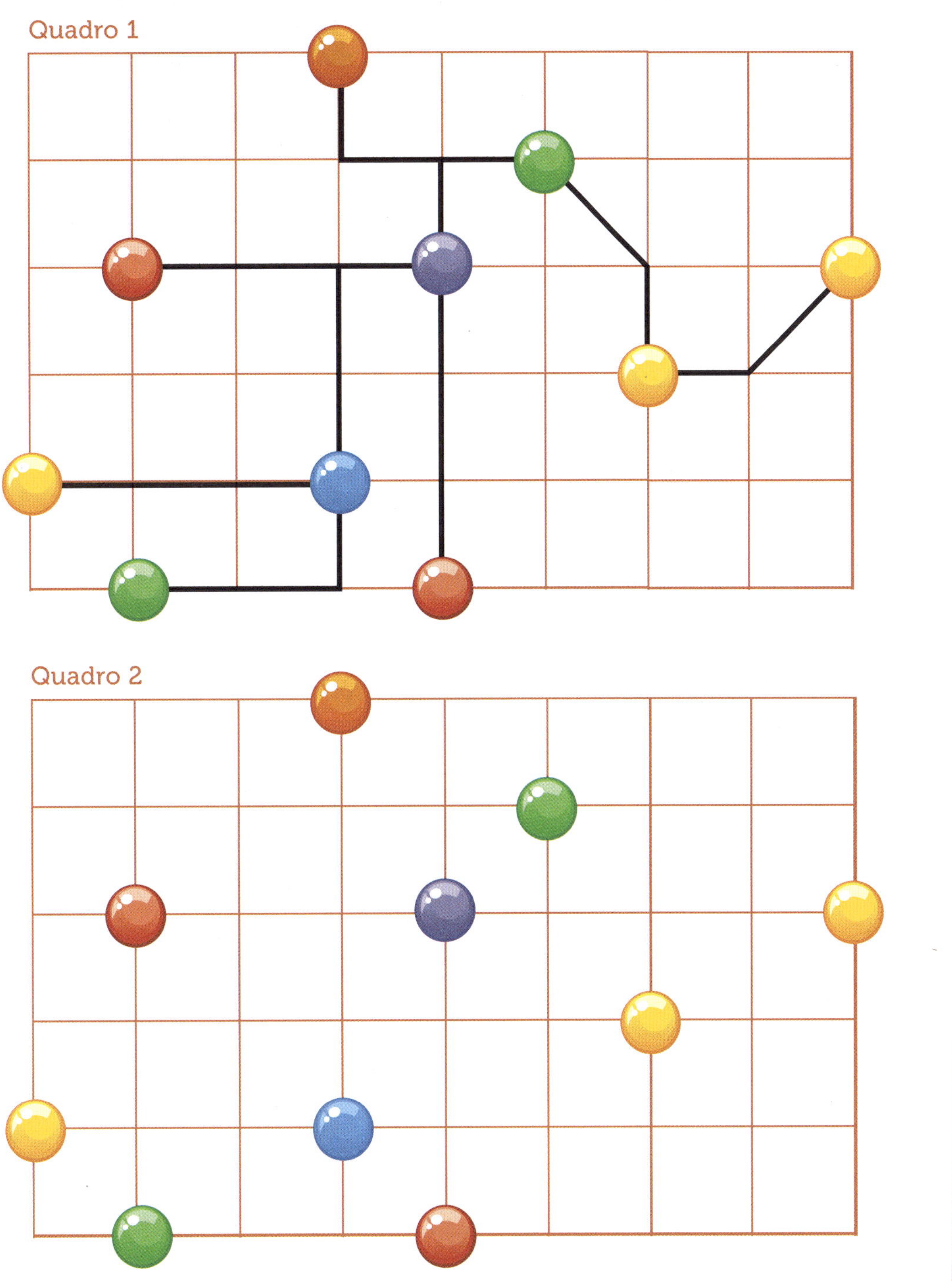

Consegui!!! Venci o
computador!!! Olha, tudo
está voltando ao normal.
Esse lugar é muito mais
bonito colorido.

Onde está?

Você ajudou a Luluca a recuperar as cores desse mundo, parabéns! Agora, antes de ir, Luluca precisa resgatar alguns objetos. Você precisa encontrar:

- 3 diamantes
- 2 martelos dourados
- 2 pandinhas vermelhos
- 5 corações cor-de-rosa

Luluca prestou bastante atenção e conseguiu encontrar todos os itens. Assim que resgatou o último coração cor-de-rosa escondido, um novo portal se abriu. Será hora de voltar para casa? Olhe fixamente para dentro do círculo para viajar junto com a Luluca.

Hmmm...
Parece que não...
Onde será que
ela está agora?
Ai, eu estou zonza. Essa
coisa de teletransporte tá me
deixando doidinha... Onde eu
estou? Achei que iria voltar
para casa. Ahhh, que susto!!!

Caminho de números

Luluca viu algo estranho passando por ela. Não parecia ser uma pessoa nem um bichinho, porque era realmente MUITO fino e diferente de tudo o que ela já viu. Luluca ficou curiosa e quer descobrir o que é, então, decidiu seguir o caminho que o serzinho estranho fez. Para chegar até lá, você precisa seguir corretamente do número 1 ao número 100.

Dica: há números repetidos. Preste atenção para não seguir a sequência errada.

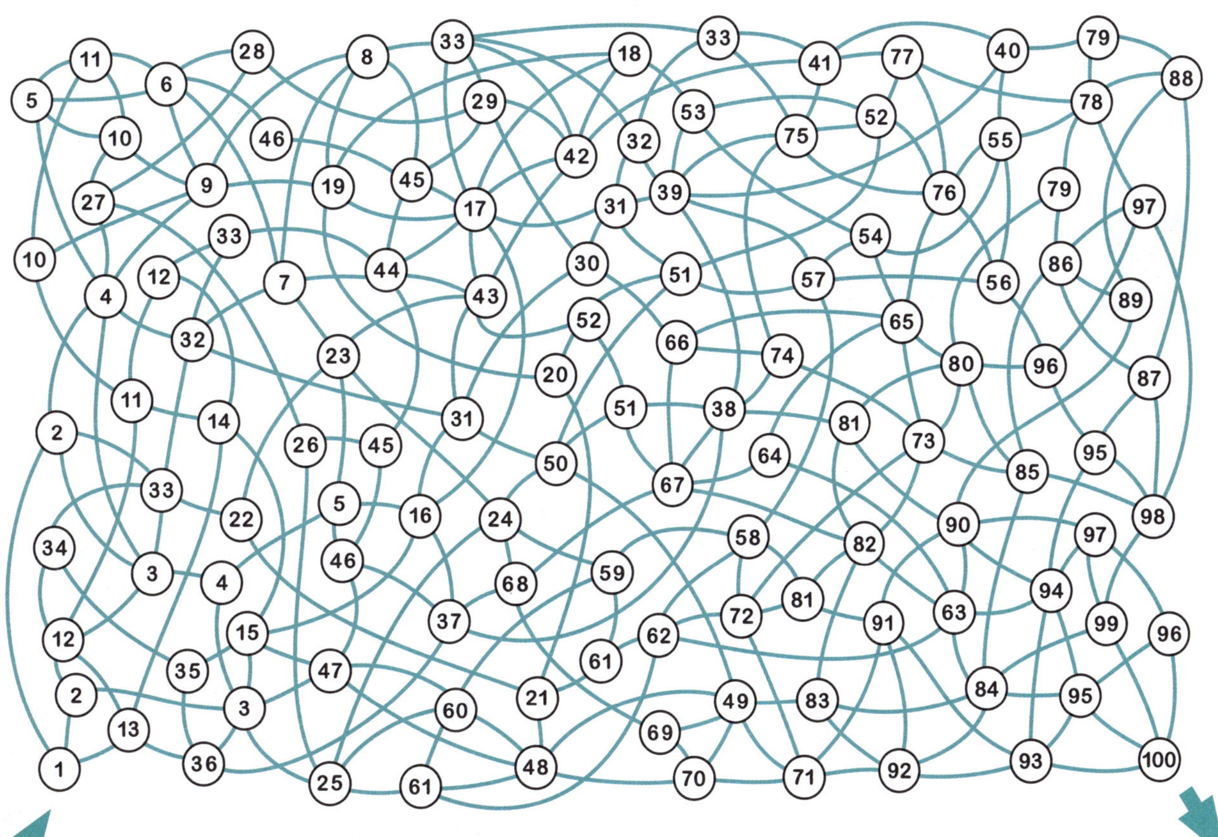

Luluca conseguiu descobrir o que passou por ela e ficou surpresa: era o PandaLu, que estava fininho, parecendo uma panquequinha. Ele contou para Luluca o que aconteceu e que, antes de ir embora, ela precisa salvar mais dois mundos. Caso ela não consiga, ficará presa para sempre no Mundo dos Games.

Ah, não! O que eu tenho que fazer agora???

Mensagem em blocos

____ ____ ____ ____

____ ____ ____ ____ ____

____ ____ ____ ____

____ ____ ____ ____

____ ____

____ ____ ____ ____ ____

Adivinhe quem sou eu | De 2 a 6 jogadores

Pandinha, olha só que legal! Temos um jogo de tabuleiro só nosso. Para jogá-lo, recorte as cartas e os pandinhas no pontilhado, destaque o tabuleiro do meio do livro e chame alguém para jogar com você.

Objetivo: o primeiro jogador que passar por todo o tabuleiro e chegar à casa 20 vence.

Hora do jogo

Embaralhem bem as cartas. Depois, decidam qual vai ser a ordem de cada jogador e escolham a cor do pandinha de cada um.

Coloque as cartas viradas para baixo, formando uma pilha, e o primeiro jogador vai escolher uma e ler a primeira linha dela, onde está escrito "EU SOU...". Depois, o jogador sentado à esquerda tem 5 chances para adivinhar qual foi a carta que ele tirou, mas, para isso, ele só pode fazer perguntas que possam ser respondidas com "SIM" ou "NÃO". Por exemplo: se alguém tirar a carta "EU SOU UM LUGAR" e a resposta for "ESCOLA DA LULUCA", o jogador da vez poderá perguntar: "é um lugar que tem piscina?", "é um lugar para estudar?" e assim por diante.

A cada pergunta respondida, o jogador da vez pode dar um chute de qual carta é, totalizando 5 chances de adivinhar. Se o jogador acertar na primeira tentativa, pode avançar 3 casas no tabuleiro. Se ele acertar após a segunda ou terceira tentativa, pode avançar 2 casas. Já se ele acertar após a quarta ou quinta tentativa, avança apenas 1 casa.

Após acertar qual a carta, ela deve voltá-la ao fim da pilha. Não há penalidade para o jogador que erra o palpite, apenas se ele estourar as cinco tentativas. Nesse caso, não pode mover o peão no tabuleiro e passa a vez ao jogador da esquerda, que ainda pode tentar adivinhar qual carta é, com mais cinco tentativas. Se o próximo jogador ainda não adivinhar qual carta é, a carta volta para o monte. O jogo continua com o jogador que adivinhou a carta escolhendo uma nova carta e pedindo que o jogador à esquerda adivinhe qual é, e assim por diante.

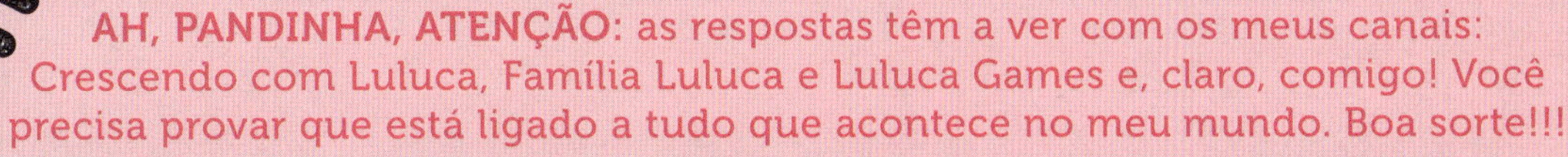

AH, PANDINHA, ATENÇÃO: as respostas têm a ver com os meus canais: Crescendo com Luluca, Família Luluca e Luluca Games e, claro, comigo! Você precisa provar que está ligado a tudo que acontece no meu mundo. Boa sorte!!!

1. Eu sou uma comida
Morango
2. Eu sou uma comida
Melancia
3. Eu sou uma série do canal
Jovens bruxas
4. Eu sou um objeto
Livro - Luluca no Mundo dos Desafios
5. Eu sou uma série do canal
A menina abandonada
6. Eu sou uma cor
Amarelo
7. Eu sou um objeto
Casa de papelão
8. Eu sou um objeto
Casa de biscoito
9. Eu sou um challenge do canal
O chão é lava
10. Eu sou uma cor
Cor-de-rosa
11. Eu sou um objeto
Slime
12. Eu sou um challenge do canal
Colorindo com três cores
13. Eu sou um challenge do canal
Fale qualquer coisa
14. Eu sou um personagem do canal
Luizinho
15. Eu sou um jogo do canal
Professora assustadora
16. Eu sou um personagem do canal
Alissa, a estudiosa
17. Eu sou uma cor
Vermelho
18. Eu sou uma cor
Verde
19. Eu sou um personagem do canal
Cacildinha
20. Eu sou uma comida
Donut
21. Eu sou uma comida
Pêssego
22. Eu sou um objeto
Videogame da Luluca
23. Eu sou um objeto
Computador da Luluca
24. Eu sou um objeto
Celular da Luluca

Início

1

2

3

4

5

6

12

13

14

15

16

17

18

19

20

11

10

9

8

7

25. Eu sou um objeto
Óculos da Luluca
26. Eu sou um challenge do canal
Esconde-esconde usando a cor sorteada
27. Eu sou um challenge do canal
Comendo comida somente da cor sorteada
28. Eu sou um challenge do canal
Desafio da roleta misteriosa
29. Eu sou um challenge do canal
Imitando a Luluca
30. Eu sou um challenge do canal
Tudo o que desenhar eu vou fazer
31. Eu sou uma comida
Sorvete
32. Eu sou uma série do canal
A Bagunça do Meu Quarto
33. Eu sou uma comida
Brigadeiro
34. Eu sou uma comida
Brócolis
35. Eu sou um objeto
Videogame
36. Eu sou um lugar
Piscina
37. Eu sou uma cor
Preto
38. Eu sou uma cor
Branco
39. Eu sou um lugar
Hollywood
40. Eu sou um lugar
Escola da Luluca
41. Eu sou um lugar
Mundo dos Doces do livro - No Mundo dos Desafios
42. Eu sou um lugar
Casa da Luluca
43. Eu sou um lugar
Parque de diversão
44. Eu sou uma série do canal
A menina que sonhava em ser modelo
45. Eu sou uma série do canal
A Bruxinha Aprendiz
46. Eu sou um objeto
Scrunchie da Luluca
47. Eu sou um personagem do canal
Pandalu
48. Eu sou um personagem do canal
Bruxinha Luluca

Colar:
Cortar:
Dobrar:

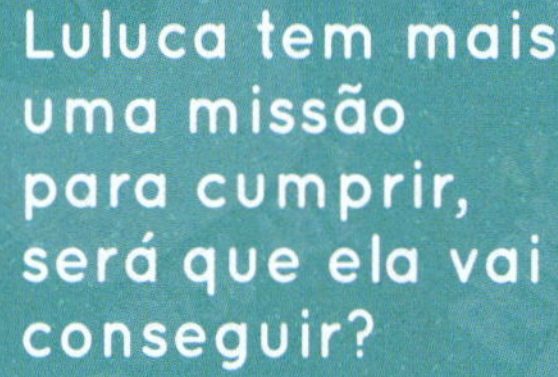

O Mundo 3D, onde antes os personagens e cenários tinham volume, agora está todo achatado! E o mundo que passei antes era colorido e acabou ficando preto e branco... Ah, já entendi! Descobri qual é o bug dos games! Os jogos estão invertidos, é isso! Agora, preciso reverter a situação deste mundo, mas como vou fazer isso?

Labirinto de letras

Para descobrir como Luluca vai conseguir reverter a situação neste mundo, descubra qual caminho você deve seguir no labirinto, acompanhando as letras que formam palavras. Ao final, você descobrirá uma mensagem. Anote qual é.

Resposta: ______________________________

Para fazer com que tudo
volte ao normal neste mundo,
Luluca precisa ser rápida!
Mas rápida
em quê?
O que eu
preciso
fazer?
Primeiro,
precisamos chegar
até a sala master,
que é onde fica
o computador
que controla este
mundo.

Brincando com números

Para chegar à sala master, Luluca e PandaLu precisam ir pelo caminho mais rápido. Faça as somas dos caminhos e siga pelo que tiver o menor resultado.

Luluca conseguiu entrar na sala master e é realmente uma sala cheia de computadores de comando.
SALA DE COMANDO MASTER
Luluca, você precisa descobrir qual desses botões vai transformar o jogo em 3D novamente. Rápido, antes que alguém chegue!
Mas são muitos botões, PandaLu!!!

Botão camuflado

Luluca precisa encontrar qual é o botão que vai transformar o jogo em 3D novamente. Você tem 45 segundos para descobrir qual é o único botão que não se repete. Valendo em 3,2,1!

	A	B	C	D	E	F	G	H
1								
2								
3								
4								
5								
6								
7								
8								

Resposta: ______________

Deu certo! Luluca conseguiu devolver os traços 3D para o game. Ufa!!!
PandaLu, e agora, qual é a minha próxima missão? Você vai comigo?

Infelizmente ainda não, Luluca. Estou preso neste mundo e só posso sair daqui quando o último chefão for derrotado. Contamos com você para fazer com que tudo volte ao normal novamente. Boa sorte!

Hora de ir para o último mundo! Será que a Luluca finalmente vai conseguir salvar o Mundo dos Games e voltar para casa?
Tá, mas como eu saio daqui?

Passagem escondida

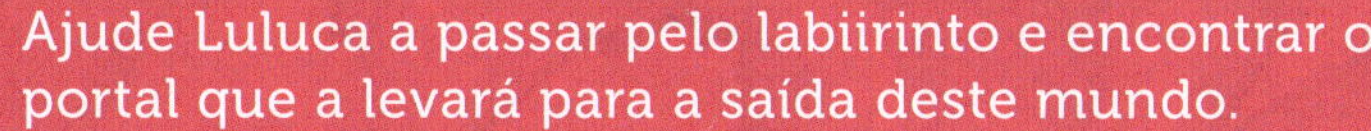

Ajude Luluca a passar pelo labiirinto e encontrar o portal que a levará para a saída deste mundo.

Lá vou eu
entrar em
outro portal!

Luluca finalmente chegou ao último mundo — por sinal, um que ela conhece bem, todo em pixel. O que será que tem de errado aqui?

AI, AI! O que está acontecendo? Parece que tem tijolos caindo...

Criptograma

Uma mensagem surgiu assim que Luluca chegou ao Mundo dos Tijolinhos. Você consegue decifrá-la?

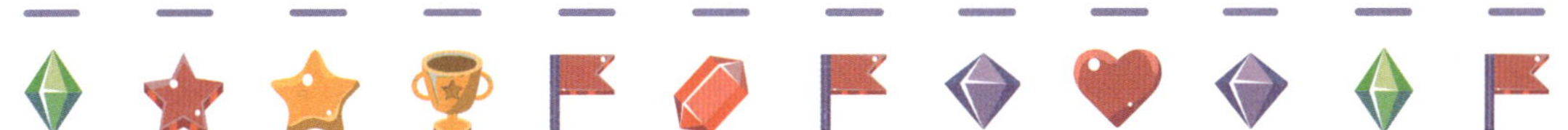

E agora, como Luluca vai fazer para salvar este mundo?

Hmmm... Já sei!
Aqui, com certeza vou precisar usar a lógica para arrumar os tijolos novamente.

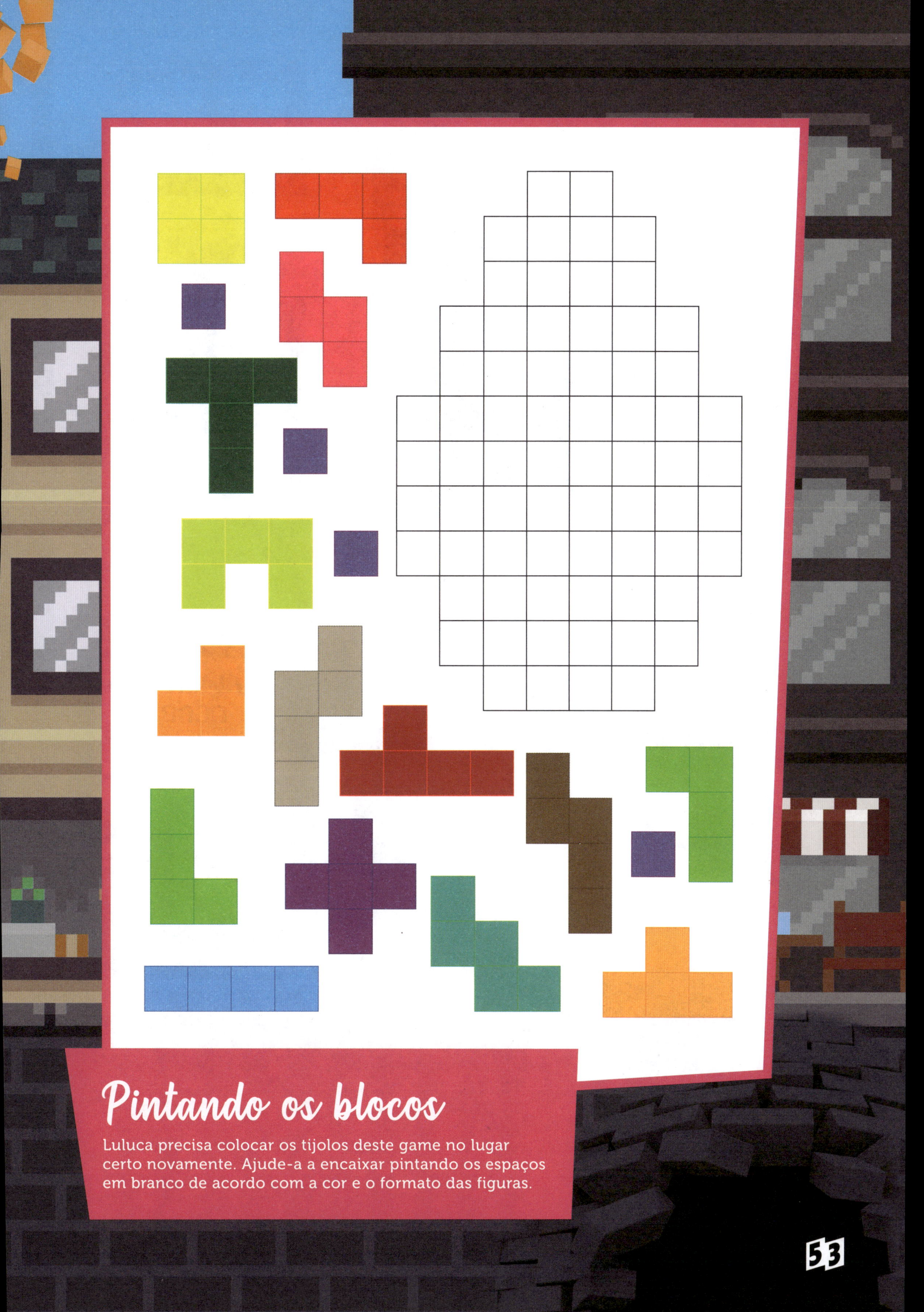

Pintando os blocos

Luluca precisa colocar os tijolos deste game no lugar certo novamente. Ajude-a a encaixar pintando os espaços em branco de acordo com a cor e o formato das figuras.

Consegui! Essa foi fácil...
Um único desafio e já
consegui salvar esse
mundo...
AINDA NÃO
ACABOU,
LULUCA!

Construa o muro

Nada é tão fácil assim! Antes de seguir, Luluca precisa resolver mais um enigma para garantir que os tijolos não voltem a cair: agora, ela deve montar mais um bloco. Para descobrir como serão os encaixes dos tijolos, junte os tijolos escuros do muro 1 com os do muro 2.

Muro 1

A

B

Muro 2

Luluca conseguiu! Agora o PandaLu está livre, o Mundo dos Games está a salvo e ela vai voltar para casa!!!
UHUUULLL! E agora, como faço para ir embora? Cadê o PandaLu?
!
Você não vai conseguir sair daqui antes de passar por mim. Agora somos você e eu, e vou propor o desafio mais difícil de todos!!!!

Sequência certa

O poderoso chefão passou uma missão para Luluca, agora, ela vai precisar usar as habilidades que ela ganhou nos outros mundos para conseguir resolver este enigma. Ela tem que achar, no quadro, as sequências que estão destacadas.

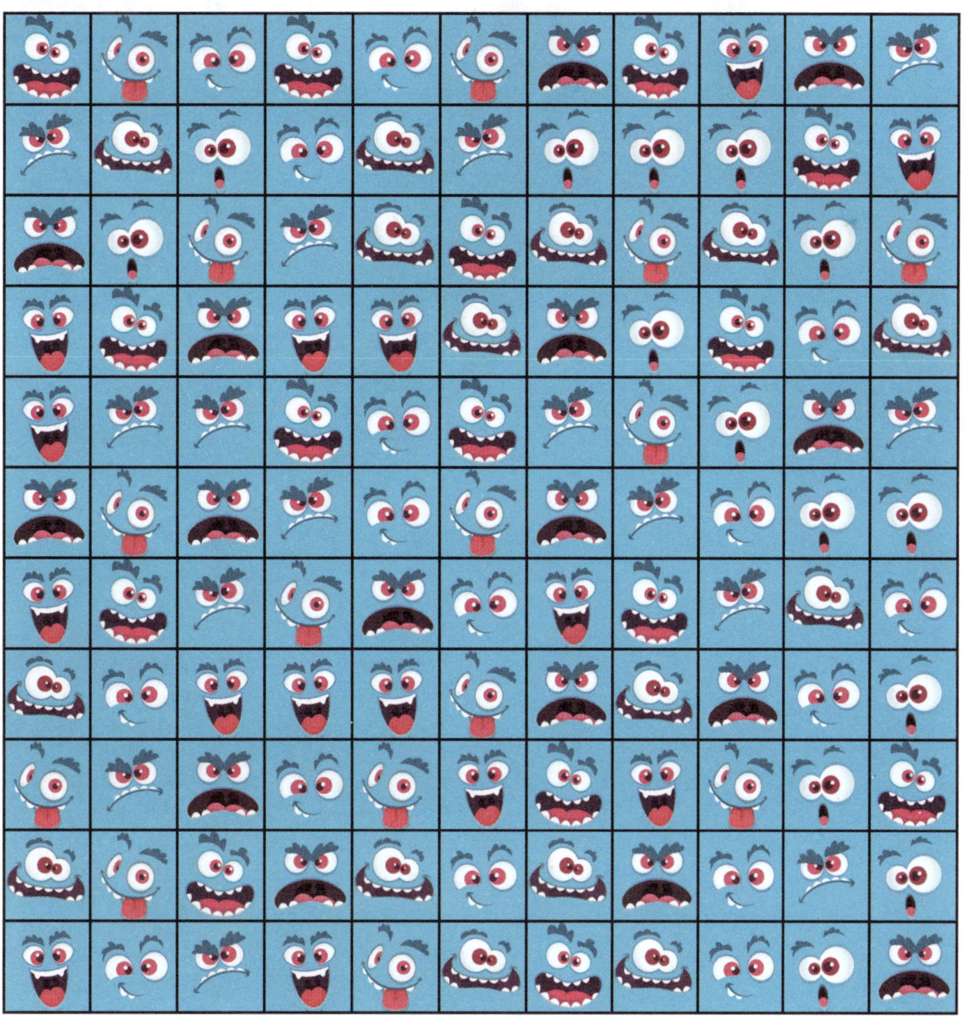

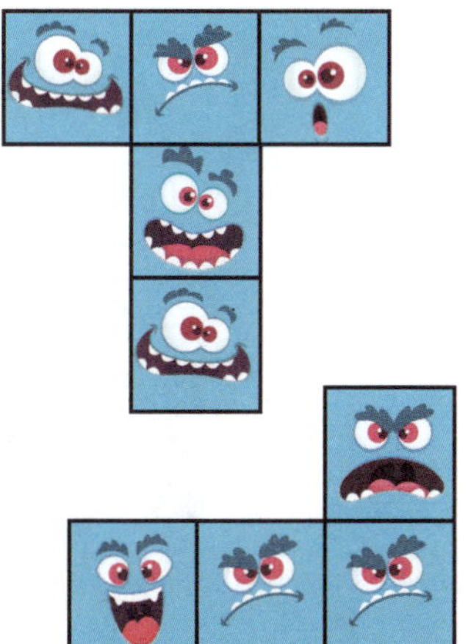

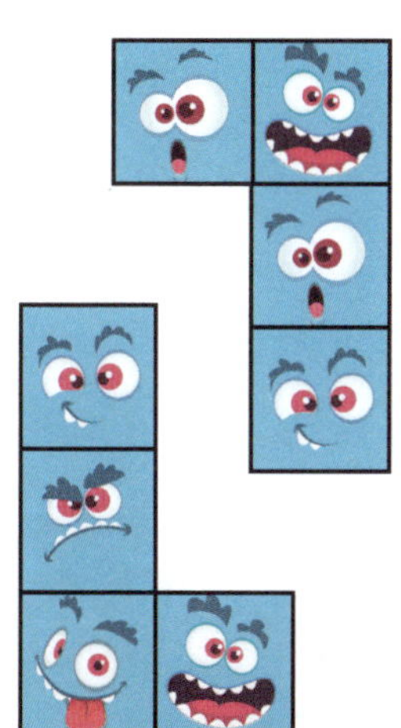

UHUUUL, CONSEGUI! Detonei você e agora consegui salvar de vez o Mundo dos Games!
Dessa vez você venceu, Luluca... Não terá tanta sorte da próxima vez.

Pronto! Agora que o Mundo dos Games não está mais invertido, posso ir pra casa.

Finalmente voltei para casa! E agora o Mundo dos Games não está mais bugado. Não acredito! Que aventura maluca, mas eu me diverti MUITO! E espero que você também, Pandinha. E, PandaLu, sei que a gente ainda vai se encontrar de novo.

Página 9

Página 5

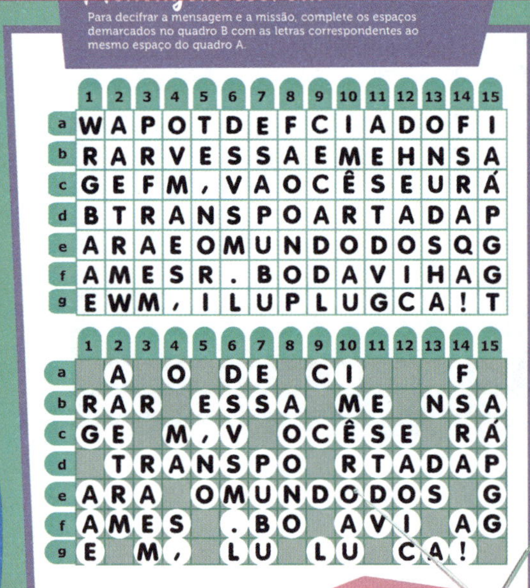

Resposta: Ao decifrar essa mensagem, você será transportada para o Mundo dos Games. Boa viagem, Luluca!

Páginas 12 e 13

Página 11

Página 15

Resposta: SOMBRIO

Página 17

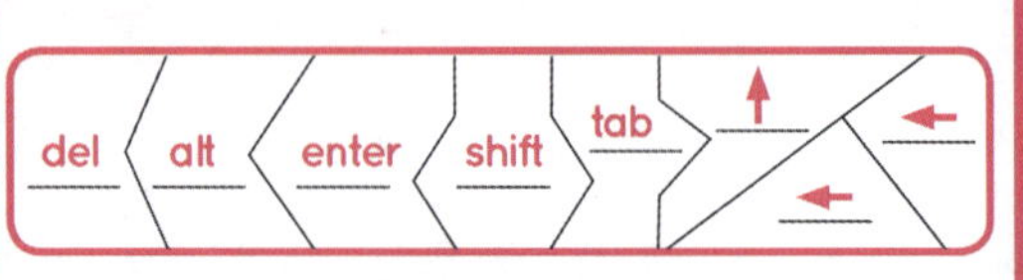

Páginas 20 e 21

Página 25

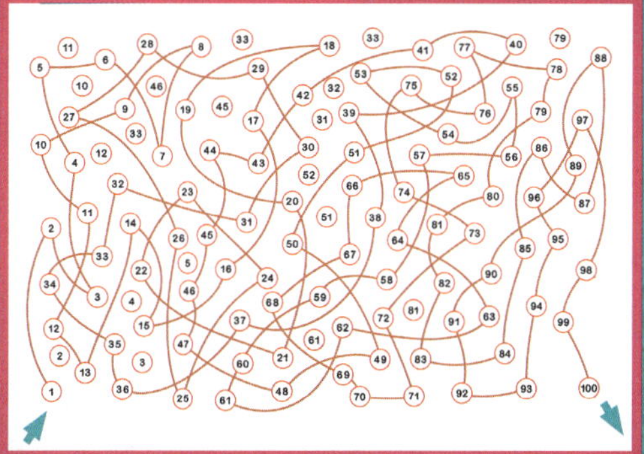

Página 26

Página 39

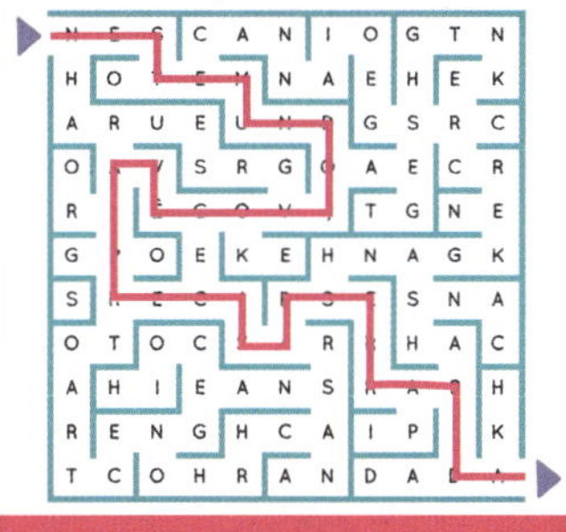

Resposta: Neste mundo, você vai precisar ser rápida

Página 41

Resposta: B

Página 43

Resposta: 6H

Página 53

Página 51

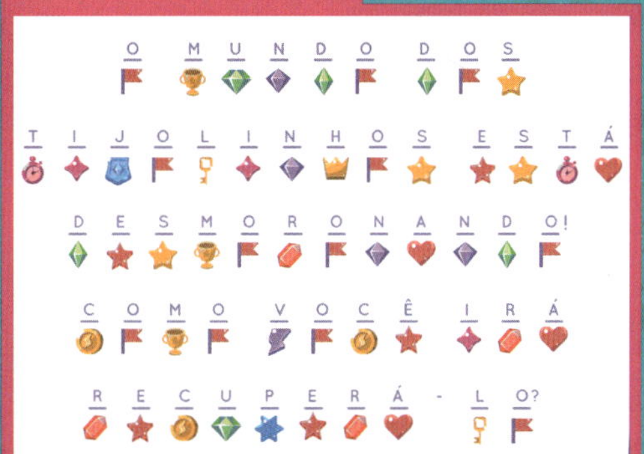

Página 47

Página 55

Resposta: E

Página 57

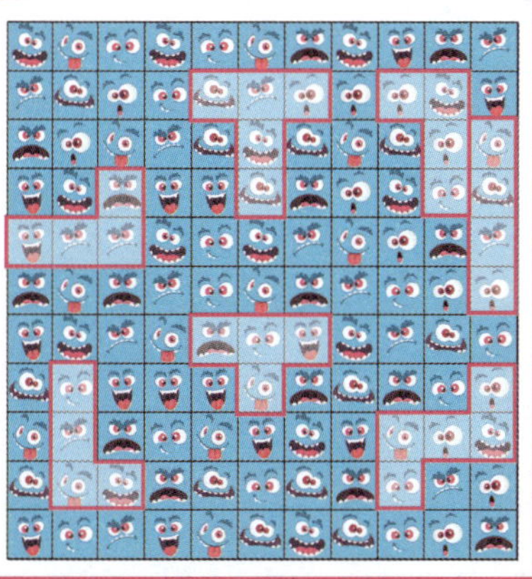

Este livro foi revisado segundo o Novo Acordo Ortográfico da Língua Portuguesa.

Produção editorial Aline Santos, Bárbara Gatti, Jaqueline Lopes, Mariana Rodrigueiro, Natália Ortega e Renan Oliveira.
Fotos Rodrigo Takeshi
Capa Agência MOV e Aline Santos

Ilustrações Alluvion Stock/Shutterstock; Andrey Korshenkov/Shutterstock; BGStock72/Shutterstock; Cernecka Natalja/Shutterstock; chuckchee/Shutterstock; Deemak Daksina/Shutterstock; DOME STUDIO/Shutterstock; Dooder/Shutterstock; Emreseker/Shutterstock; Gohsantosa/Shutterstock; hermandesign2015/Shutterstock; Keron art/Shutterstock; Kit8.net/Shutterstock; Kmls/Shutterstock; lineartestpilot/Shutterstock; local_doctor/Shutterstock; lohloh/Shutterstock; Lunnaya/Shutterstock; Marylia/Shutterstock; Marysuperstudio/Shutterstock; Mykola Mazuryk/Shutterstock; Newgate666/Shutterstock; NotionPic/Shutterstock; ONYXprj/Shutterstock; OsherR/Shutterstock; Penpitcha Pensiri/Shutterstock; Rasim Mamedov-Sarkisov/Shutterstock; Rattanamanee Patpong/Shutterstock; Rodnikovay/Shutterstock; Sapunkele/Shutterstock; Svaga/Shutterstock; Totostarkk9456/Shutterstock; Tykcartoon/Shutterstock; Ungureanu Alexandra/Shutterstock; Vectorplus/Shutterstock; Victor Metelskiy/Shutterstock; Walada Salarat/Shutterstock; Yevheniia Rodina/Shutterstock

Primeira edição (Maio/2021) • Oitava reimpressão
Papel de miolo Offset 75g
Gráfica PifferPrint

CIP-BRASIL. CATALOGAÇÃO NA PUBLICAÇÃO
SINDICATO NACIONAL DOS EDITORES DE LIVROS, RJ

L981L
Luluca
Luluca no Mundo Bugado dos Games / Luluca. -- Bauru, SP : Astral Cultural, 2021.
64 p. : il.

ISBN 978-65-5566-134-7

1. Literatura infantojuvenil 2. Passatempos 3. Vídeo Game 4. YouTube (Recurso eletrônico)
I. Título

21-1170 CDD 028.5

Índices para catálogo sistemático:
1. Literatura infantojuvenil : Passatempos 028.5

astral cultural ASTRAL CULTURAL EDITORA LTDA

BAURU
Rua Joaquim Anacleto
Bueno 1-20
Jardim Contorno
CEP: 17047-281
Telefone: (14) 3879-3877

SÃO PAULO
Rua Augusta, 101
Sala 1812, 18º andar
Consolação
CEP: 01305-000
Telefone: (11) 3048-2900

E-mail: contato@astralcultural.com.br